Page de couverture.

Beijing 2013. Le petit Bouddha est devenu grand…

(En Chine les petits garçons sont familièrement appelés "*Petits Bouddhas*" tant ils sont choyés par leurs parents et leurs grands-parents durant leur petite enfance).

Édition : BoD · Books on Demand, 31 avenue Saint-Rémy, 57600 Forbach, bod@bod.fr
Impression : Libri Plureos GmbH, Friedensallee 273, 22763 Hambourg (Allemagne)
ISBN : 978-2-3225-7278-6
Dépôt légal : Avril 2026

Prologue

Pourquoi la Chine ? Imaginez…

En 2009, à soixante-treize ans, vous découvrez ce pays à l'invitation de la *Semaine Internationale des Arts Numériques de Nanchang* pour présenter votre travail de photographe-plasticien…

En descendant de l'avion votre connaissance de l'*Empire du Milieu* se résume à la lecture de quelques ouvrages (dont le *Lotus Bleu*) et la lecture d'un certain *Petit Livre Rouge*…

Premier étonnement, plus de tenues *Mao* ni de hordes de vélos ! Des *bagnoles* comme partout ailleurs ! Pourtant, le pays qui vous accueille est bien la *République Populaire*, proclamée en octobre 1949 par un révolutionnaire encore peu connu de l'occident, *Mao Zedong*…

Depuis ce voyage inaugural vous y êtes retourné jusqu'en 2026 pour dix-sept séjours en totale immersion dans la vie quotidienne chinoise. Vous avez contemplé des sites exceptionnels, vécu des centaines de situations, rapporté des milliers de clichés et votre connaissance de ce fascinant pays s'est affinée. Bref vous êtes tombé sous le charme de ce monument d'histoire, de culture et de réalisations grandioses…

A travers cette plaquette, c'est cette expérience que vous souhaitez partager. Mais, comme dans la fable des aveugles et de l'éléphant, vous avez conscience de n'avoir saisi de ce continent, que des bribes, de fugaces impressions… C'est donc avec humilité que sont présentées quelques observations et impressions glanées au cours de ces périples…

Disons-le d'emblée, cette présentation offre une image plutôt lisse et plaisante de la Chine. Or, depuis l'accession en 2018 du président *Xi Jinping* aux pleins pouvoirs et le rôle croissant qu'elle joue dans la géopolitique mondiale, la bienveillance à l'égard de cette nation est parfois mal perçue par un certain public occidental.

Malgré les griefs adressés au système et à ses dirigeants acceptons, au moins durant le temps de cette lecture, de porter un regard sans a priori sur le peuple chinois, ses réalisations et ses richesses, tant naturelles que culturelles.

Sommaire

Yunnan 2014.
Montagne du
Dragon de Jade
dépassant 5.500 m.

Yunnan 2014.
Concrétions en forme
de vasques dans
le parc géologique
souterrain
du Jiuxiang.

Richesses naturelles

La Chine, à égalité avec l'Italie, offre le plus grand nombre de sites classés au *Patrimoine Mondial de l'Humanité*, cinquante-cinq. D'immenses parcs naturels, nationaux[1] pour la plupart, dévoilent des paysages variés : fleuves impressionnants de puissance, hautes montagnes, glaciers, cavernes profondes, forêts tropicales… Ils sont soigneusement aménagés et organisés pour accueillir un tourisme de masse, tant domestique qu'international.

Ainsi, la vallée du *Jiuzhaigou* dans le *Sichuan*, à plus de deux mille mètres d'altitude, recèle une merveille géologique, un *lac aux cinq couleurs,* aux eaux cristallines, précédé d'incroyables cascades et de panoramas lacustres semblant inspirés des peintures chinoises traditionnelles…

Ou, dans le *Yunnan*, la caverne creusée par une rivière souterraine, curiosité géologique, présentant sur un parcours long et profond une succession de grottes aux concrétions en forme de vasques…

Le pays partage aussi avec le *Népal* la plus haute montagne du monde, *l'Everest* et la *Montagne du Dragon de Jade* dans le *Yunnan*, culminant à près de six mille mètres, attire des foules d'intrépides touristes n'hésitant pas, pour certains, à partir à l'assaut d'un belvédère à l'altitude *du Mont Blanc* en T-shirts et baskets !

Bien d'autres sites, mondialement réputés, sont reconnaissables au premier coup d'œil comme la *Rivière Li* dans le *Guangxi* où se pratique encore mais seulement pour les touristes, la *pêche au Cormoran*. Dans la même province, les rizières en terrasses de *Longji*, œuvre à la fois de la nature et des hommes, font aussi parti de ces trésors.

Enfin, l'imposant *Yang Tsé,* prenant sa source dans les hauts plateaux tibétains, parcourant la Chine sur plus de six mille kilomètres pour terminer sa course à *Shanghai*, forme, à l'image de la Loire, une frontière naturelle entre la Chine du Nord et celle du Sud.

---

[1] La *Chine* compte cinq parcs nationaux cumulant 23 millions d'hectares (230.000 km²), soit un peu moins que la superficie de la *Roumanie*. Leur premier rôle est la protection et la restauration écologiques de ces immenses espaces.

Sichuan 2015.
Vallée du
Jiuzhaigou.
Lac aux cinq
couleurs.

Guangxi 2017.
Croisière sur la
Rivière Li
surplombée de
montagnes en
pains de sucre.

Guangxi 2017.
*Rizières en terrasses
de Longji
près de Guilin.*

*Yunnan 2014.
La Vallée de
la Lune bleue...*

*Xi'an 2017.
L'armée enterrée.
Cavalier et sa
monture.*

*Nanchang 2009.
Inauguration
au son des
tambours chinois.*

Richesses culturelles

Les richesses culturelles de La Chine sont aussi remarquables que ses richesses naturelles et en premier lieu, son écriture ! Apparue treize siècles avant notre ère, les *sinogrammes* transcrivent une langue monosyllabique, tonale et métaphorique. Un vaste lexique permet d'exprimer n'importe quel nom propre ou commun, sensation ou concept, sans en noter la prononciation. Ainsi, les huit principaux dialectes parlés en Chine prononcent les mêmes caractères de façon différente.

Autre caractéristique de cette langue, si chaque caractère présente un sens immédiatement intelligible, il recèle aussi, du fait de son étymologie, un sens métaphorique très prisé des lettrés. Ainsi, le caractère **zhōng** 中, signifiant milieu et **guó** 国, pays, se lira dans *zhōng guó* comme le pays ou l'empire du milieu, c'est à dire la *Chine*, mais aussi le pays du juste milieu, de l'équilibre.

Traditionnellement tracés au pinceau, le dessin des caractères obéit aux règles esthétiques de *l'art de la calligraphie* et à ses nombreux styles. Art millénaire, c'est une activité prisée pour laquelle bien des Chinois consacrent du temps à son étude et à sa pratique. Ainsi, il n'est pas rare de voir des passants l'exercer dans des lieux publics comme le policier en service, photographié à *Pingyao*[2].

Après les excès de la désastreuse *"révolution culturelle"* ayant détruit de 1966 à 1976 d'innombrables et d'inestimables trésors du passé, la Chine moderne met tout en œuvre pour restaurer et conserver son patrimoine artistique et culturel, quel qu'en soit l'origine.

Les musées, gratuits, recèlent des pièces étonnantes comme un *linceul en lames de jade* exposé dans celui de *Nankin*. L'archéologie chinoise a réalisé des exhumations rarissimes comme les 8.000 guerriers en terre cuite de taille humaine, tous différents, enterrés à proximité de l'ancienne cité impériale de *Xi'an*.

Enfin la Chine a développé, à partir du *principe Yin/Yang*, un mode de pensée tout à fait original que ses grands penseurs, *Confucius, Laozi, Mencius, Han Feizi*, … appliquèrent à tous les domaines : *morale, cosmologie, gouvernance…*

---

[2] Voir page 29.

Xiamen 2019.
Festival de danses traditionnelles chinoises.

Chendgu 2015.
Affiche vantant le «Rêve Chinois» de Xi Jinping.

Données factuelles

Quelques repères pour saisir la singularité de cet immense pays, sa diversité et sa complexité :

– Avec quatre mille ans d'existence attestée, la civilisation chinoise est l'une des plus anciennes au monde. Elle a vu se succéder treize grandes dynasties et plus de cinq cents *"Fils du Ciel"*.

– Un milliard quatre-cents millions d'habitants, un cinquième de la population mondiale, répartis sur vingt-trois provinces, en font l'un des pays les plus peuplés, juste derrière *l'Inde*[3] !

– Coexistant avec cinquante-cinq minorités ethniques parlant plus de quatre-vingts langues et dialectes, l'ethnie *Han* représente 92% d'une population indistinctement qualifiée de *"Chinoise"* par les occidentaux.

– Parmi ces minorités, les *Hui,* musulmans sunnites, comptant entre cinquante et quatre-vingts millions de citoyens, répartis dans plusieurs provinces, auxquels sont rattachés dix millions d'*Ouïghours*, peuple turcophone du *Xinjiang*.

– Vaste comme dix-sept fois la *France*, la *Chine* partage ses frontières avec quatorze pays sur plus de 22.000 km et sa façade maritime s'étendant sur 14.000 km abrite sept des dix plus grands ports du monde.

– Avec une douzaine de mégapoles de plus de dix millions d'habitants, la *Chine* participe à l'inéluctable processus d'urbanisation de la planète.

– Avec 3.342 milliards de Dollars de réserves monétaires (chiffres 2026), le *Yuan* (RenMinBi RMB), fait partie des monnaies de réserve du Fonds Monétaire International.

– Enfin la *Chine*, membre permanent du conseil de sécurité de l'ONU, est une puissance nucléaire et spatiale à la tête de l'une des armées les plus imposantes du monde.

---

[3] Le basculement s'est produit en avril 2023 faisant de l'Inde le nouveau pays le plus peuplé.

Palais de Nanjing.
Salle d'apparat.
2018.

Musée de Nanjing.
2016.
Linceul sarcophage
en lames de jade.

Modernité/Tradition

En Chine, la modernité saute aux yeux mais la tradition n'est jamais loin…

Depuis l'abandon d'un maoïsme farouchement athée, *confucianisme, bouddhisme, taoïsme,* latents depuis toujours, s'exposent en pleine lumière au point d'évoquer un peuple religieux dans un État se proclamant matérialiste.

Ainsi, l'affiche placardée en 2015 pour Illustrer le *Rêve Chinois,* le slogan politique de *Xi Jinping,* alors nouveau secrétaire général du PCC, faisait référence aux vertus du *Confucianisme* : respect des anciens, de la discipline, de l'ordre établi et du *Taoïsme,* respect de la nature et de l'environnement ! L'image à la fois traditionnelle et moderne d'une petite fille accroupie et le rappel de maximes confucéennes, ont tout de suite parlé aux chinois.

Un œil avisé remarque aussi, dans le quotidien, de discrètes allusions aux légendes ancestrales comme un panneau laqué évoquant *Yutu,* le *Lapin de Jade,* hôte affairé et bienfaisant de la Lune. Et que dire de la superstition liée aux chiffres, omniprésente ! Vous ne trouverez jamais le chiffre 4 sur les boutons d'ascenseurs. Il porte malheur…

Espace urbain et sens du collectif

Les Chinois aiment pratiquer collectivement des activités de plein air comme leurs séances quotidiennes de *Tai-Chi* ou la réalisation de chorégraphies complexes. Mais plus surprenant, à *Chengdu,* des jeunes femmes s'exerçant à la danse du ventre !

La *Chine* est une *République,* une république "populaire" et l'idée d'un bien public, d'une chose commune est ancrée dans l'esprit du peuple. Par ces pratiques collectives, ses citoyens revendiquent d'être chez eux partout, du moins dans les espaces publics, qu'ils occupent bien souvent jour et nuit.

Mais cet état d'esprit s'applique aussi à d'autre espaces plus inattendus. Ainsi la firme *IKEA* en a fait l'expérience à ses dépens ! Dès leur ouverture ses magasins furent squattés par des familles entières, les considérant comme des espaces publics.

Chengdu (Sichuan) 2015.
Apprentissage de la
danse du ventre
dans un parc public...

Haikou (Hainan) 2011.
Autel des ancêtres
dans un supermarché.

Yù tù, Le Lapin de Jade.

Aménagement du territoire

La Chine s'est constituée en empire dès le deuxième siècle avant notre ère et des générations de fonctionnaires impériaux, les *mandarins*, se sont toujours employés, en dehors des périodes d'anarchie, à développer les infrastructures de transport de l'époque, routes et canaux. Actuellement, la production électrique dépendant à plus de 50% du charbon[4], les fleuves et les canaux acheminent sans cesse les énormes quantités de combustibles engloutis journellement par les centrales thermiques.

Le fleuve *Yangtsé*, le troisième plus long du monde, baptisé "*Fleuve Bleu*" par les Français, est le principal corridor économique du pays. Un trafic incessant de lourdes barges assure, de jour comme de nuit et sur près de 1.800 kilomètres navigables, l'interconnexion entre la mégalopole de *Chongqing*, en amont, 35 millions d'habitants et *Shanghai*, 25 millions, capitale économique de la Chine du sud. *Wuhan*, capitale du *Hubei*, installée sur les deux rives du fleuve, à mi-distance de ces deux pôles, est à la fois un port important et le *principal nœud ferroviaire* de Chine.

En fait depuis quarante ans, la Chine est un chantier permanent et colossal d'infrastructures routières, ferroviaires, portuaires et aéroportuaires ! Dans la frénésie de construire, on constate çà et là quelques fâcheux ratés : viaducs interrompus au milieu de nulle part, autoroute brutalement tronquée car construite en conflit avec des pistes d'atterrissage…

Transports

Il est aisé de se déplacer en Chine. L'ensemble du territoire est bien desservi. Les trains arrivent à l'heure et les billets, même d'avion, sont abordables. En ville les nombreux taxis et les *Didi* (petits frères en Chinois, l'équivalent des *Uber*), sont les substituts appréciés aux transports en commun. L'ère du pousse-pousse est révolue mais les bicyclettes et les triporteurs disparaissent aussi peu à peu des villes du fait de l'accaparement de la chaussée par les véhicules à moteur[5].

Le réseau ferroviaire, déjà bien étoffé avant les années cinquante, a connu ces vingt dernières années une extension fulgurante avec la construction de 40.000 kilomètres de lignes à grande vitesse et les "*Bullet Trains*", l'équivalent de nos TGV, roulant pour les plus rapides à 350 km/h, relient les principales capitales de région…

---

[4] En juin 2025, la part du charbon dans la production d'électricité est tombée à 51 %. Elle était encore à plus de 60% dix ans avant.
[5] De plus en plus électriques ! Et pas seulement les voitures ! Fin 2024, 1.100.000 véhicules utilitaires circulaient en Chine, ainsi que 650.000 bus électriques, 36.0000 camions électriques et 67 millions de scooters électriques !

Yang Tsé 2015.
Barge pétrolière.

En arrière plan
le viaduc d'une ligne
à grande vitesse.

Quingdao 2024.

En approche de
l'aéroport.
L'autoroute
interrompue aurait
croisé les pistes....

Architecture/urbanisme

A partir des années cinquante, l'architecture traditionnelle et l'urbanisme à taille humaine, hérités de la pensée confucéenne où tout n'est qu'harmonie et équilibre, firent place à la démesure. D'abord dans le style *"soviétique"*, avant de s'en émanciper. Tout est haut, large, dense, audacieux… Comme le *quartier d'affaires de Pudong,* l'un des territoires de la finance mondiale, vu depuis la célèbre promenade du *Bund* à *Shanghaï* …

Encore rural à 80% durant l'époque maoïste, le rapport campagne/ville a basculé en 2010 pour atteindre 60% en faveur de la ville. C'est l'urbanisation à marches forcées, illustrée par ce slogan, *"rendre la ville habitable"* et l'objectif proclamé des autorités d'atteindre un milliard de citadins en 2030 ! De fait, en parcourant la Chine en train, émergent tous les trente ou quarante kilomètres, au milieu de nulle part, des concentrations de buildings fantômes car majoritairement inoccupés… La Chine s'est trouvée ainsi, dès 2022, face à une *"bulle immobilière"* aux conséquences économiques désastreuses.

Petits plaisirs, désagréments

Parmi les petits plaisirs qu'un voyageur peut se procurer en Chine, les massages. Toutes les villes offrent un large choix de salons, des plus simples aux plus luxueux. Lieux de convivialité, c'est aussi le moyen de passer quelques heures au calme, avant de prendre un train ou un avion par exemple.

La séance peut se révéler douloureuse, comme la pose de ventouses sous la plante des pieds ou leur pétrissage par des mains puissantes. Mais ne vous méprenez pas, en Chine, masseurs et masseuses ne s'égarent pas au-delà de la pratique de leur art !

Autres endroits de délices, les sources chaudes, les *Hot Springs*, nombreuses en Chine. Quel plaisir, durant un épisode d'intense pluie de mousson dans *l'île de Hainan,* de se prélasser dans une eau chaude, au milieu d'une forêt tropicale, ruisselante de pluie…

Enfin, la cuisine chinoise, plus variée que celle consommée en France, ne laisse pas nos papilles indifférentes ! Les plats sont abondants, bien cuisinés, à des prix très convenables.

Mais la vie en Chine est aussi source de désagréments… Pour nous, Européens, le plus notable est le bruit ! Permanent, intense et souvent répétitif, il est constitutif de la vie quotidienne, de jour comme de nuit !

---

[6] Voir p. 22.

Environs de Beijing. 2013.
Bulle immobilière.
Ces immeubles neufs sont absolument vides !
Sichuan 2013. Village plutôt prospère.

Un peuple débonnaire

De retour d'un voyage de plusieurs mois dans *l'Empire du Milieu* où il eut honneur d'être reçu par l'empereur *Kangxi*[7], contemporain de *Louis XIV*, le peintre italien *Gherardini* écrivait en 1700 :

« Les Chinois me paraissent de fort bonnes gens, civils et polis, et d'une humeur douce et paisible ».

Bref, inoffensifs, bons jusqu'à la faiblesse… L'opposé du mythe du *« péril jaune »*, propagé par l'empereur *Guillaume II* en 1895 pour affoler les Européens, soi-disant menacés par des hordes asiatiques, assoiffées de sang et repris à l'envie par la littérature et le cinéma !

Toujours latent, ce stéréotype ne résiste pas devant la tendresse émanent de ces touristes chinois[8] devant la promenade du *Bund* à *Shanghai*, plus préoccupés de profiter de la vie que de conquérir militairement le monde !

Dans leur majorité, et peut-être plus au Sud qu'au Nord, les Chinois sont de bons vivants. Ils aiment bien boire, bien manger, rigoler un bon coup et les occasions sont nombreuses… On est moins "guindé" qu'en Europe et même souvent sans-gêne… Ainsi, on n'hésite pas à s'attabler torse nu au restaurant …

L'empreinte de Mao

Quelles traces *Mao Zedong* a-t-il laissées dans la Chine d'aujourd'hui ? Sans être l'objet du culte frénétique comme il le fut de son vivant, il fait partie du patrimoine familial, des ancêtres vénérables que certains se plaisent encore à honorer. Ainsi, c'est très naturellement qu'un brocanteur de *Nanchang* a accroché son portrait dans sa boutique et ses monumentales statues, éparpillées sur le territoire restent en place et sont soigneusement entretenues.

Si nombre d'entre eux témoignent encore du respect à la figure tutélaire de la Chine moderne, ils n'hésitent plus, à la suite du jugement porté par *Deng Xiaoping* en 1978, à évaluer son action. Ainsi, selon le point de vue de votre interlocuteur, *Mao* c'est 70% de bon et 30% de mauvais ou l'inverse !

---

[7] *Kangxi* (1654-1722) avait souhaité recevoir d'autres talents que ceux des jésuites déjà introduits à sa cour, *Gherardini* embarqua à *La Rochelle* en mars 1698 sur *l'Amphitrite* à destination de *Canton*. Le trajet maritime dura huit mois.
[8] Voir p 22.

Hainan Baoting 2014.
Délices d'une source
chaude sous une
pluie tropicale.

Wuhan 2018.
Massage des pieds.

Shanghai Baoshan 2015. Mangeurs d'écrevisses.

Shanghai 2010.
Promeneurs sur le
Bund face au quartier
d'affaires de Luijiazui.
(District de Pudong).

Restaurant familial à
Hangzhou (2012).
Ville prospère à
l'est de Shanghai.
(Concession Rolls-Royce)

Nanchang 2013.
Le brocanteur
maoïste.

Lijiang 2012.
Statue monumentale
de Mao Zedong.

Des réalisations hors normes

Malgré ses éclatantes réussites, la Chine a toujours soif de revanche. Prenant sa source dans le *Siècle des Humiliations* que l'*Occident* lui fit subir depuis la première *Guerre de l'Opium* en 1839 jusqu'à la victoire des communistes en 1949, le pouvoir affiche une volonté constante de montrer, à travers de grandioses réalisations, de quoi le peuple chinois est capable…

Il en est ainsi du nouvel *Opéra de Pékin,* œuvre de l'architecte français *Paul Andreu,* posé comme un OVNI sur une pièce d'eau circulaire, à un jet de pierre de la place *Tian'anmen*… Baptisé l'Œuf par les pékinois, cette monumentale structure de verre et de titane, de 150.000 mètres carrés, abrite une salle d'opéra, une salle de concert et un théâtre.

C'est aussi l'une des manifestations du *soft power* culturel dont la Chine fait largement usage, notamment à travers les 548 Instituts Confucius, présents dans 154 pays pour diffuser la langue et la culture chinoises.

Autre réalisation remarquable, la création en moins de sept ans de la ville nouvelle de *Lin-Gang* au sud de *Shanghai* à l'audacieux urbanisme circulaire, exemple de la capacité du pouvoir chinois à planifier et réaliser d'ambitieux projets en un temps record.

Survolant la zone en 2017 avant d'atterrir à *Shanghai,* le lac artificiel de *Dishui* (Goutte d'eau) était bien visible mais alors sans aucune construction autour. Depuis, la ville a poussé en cercles concentriques, offrant d'époustouflantes réalisations architecturales comme son *musée de la Marine* en forme de voiles…

Stratégiquement située au débouché du pont conduisant au port en eau profonde de *Yangshan,* le plus actif du monde, les urbanistes ont pensé cette ville nouvelle pour une population jeune, occupant les emplois qualifiés, dans les entreprises dédiées aux activités logistiques ainsi qu'aux technologies de pointe : intelligence artificielle, biomédecine, véhicules électriques, aviation, robotique…

Le mobilier urbain, les équipements sportifs et culturels, les espaces verts, tout est conçu pour attirer cette population d'actifs jeunes et diplômés.

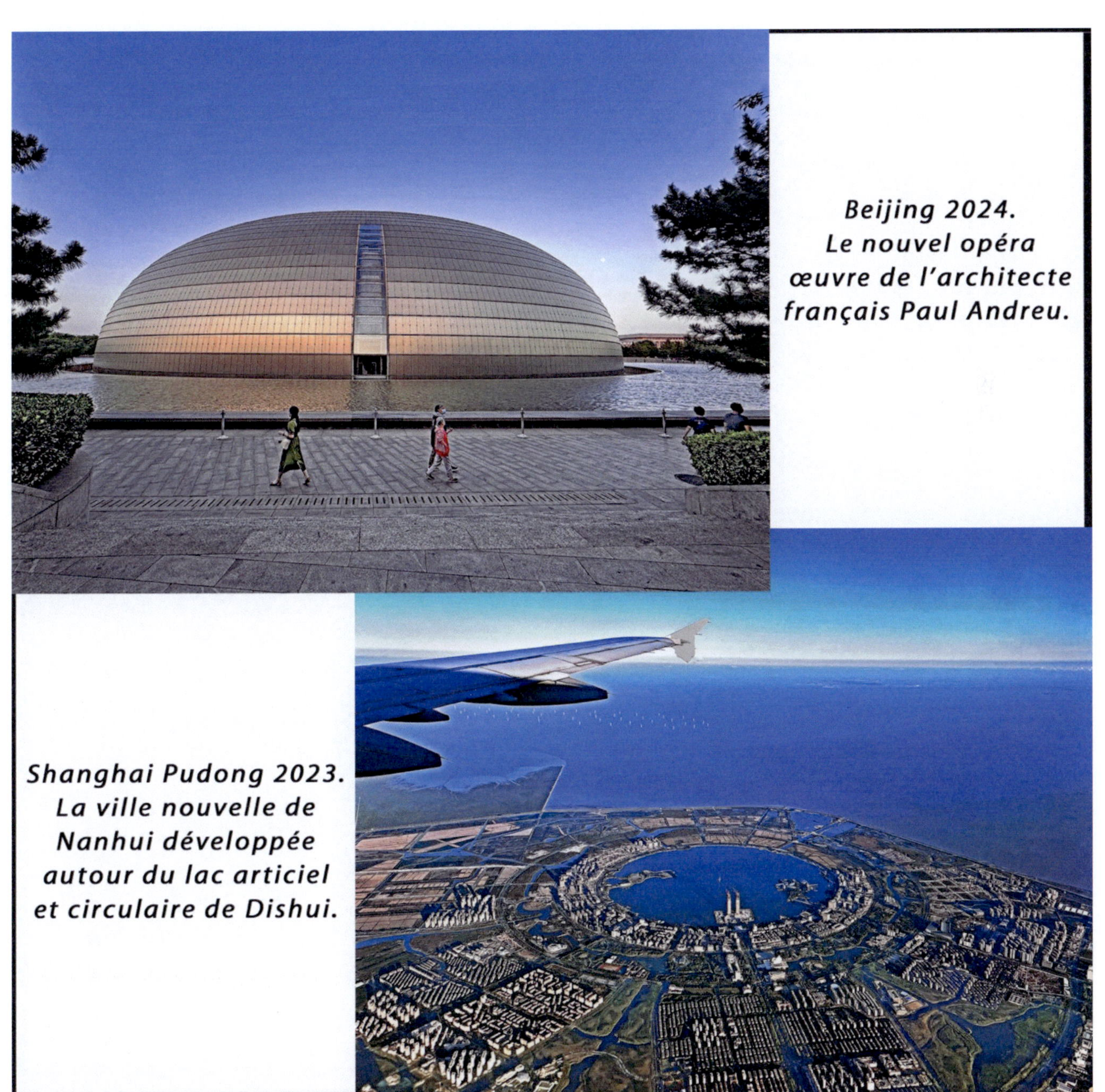

Beijing 2024.
Le nouvel opéra
œuvre de l'architecte
français Paul Andreu.

Shanghai Pudong 2023.
La ville nouvelle de
Nanhui développée
autour du lac articiel
et circulaire de Dishui.

Nanjing 2025

*Train HSR
dit «Bullet Train».
Vitesse :
250 à 350 km/h.*

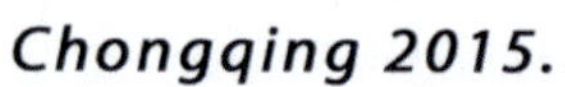

*Chongqing 2015.

Pont sur le YangTsé
vu depuis un
téléphérique urbain.*

Beijing 2013.
Fillette faisant
ses devoirs devant
l'échoppe de ses
parents.

Beijing 2013.
Séance de
gymnastique
au collège.

Système éducatif

Pour ce pays aux grandes ambitions à la fois domestiques et internationales, un système éducatif performant est le garant de son développement. Avec un défi de taille car il représente à lui seul le cinquième des élèves et des étudiants de la planète ! Pensé et codifié par *Confucius* pour la formation des élites au sixième siècle avant notre ère, il perdura jusqu'à la dernière dynastie impériale, celle des *Qing* en 1912.

La difficulté d'apprentissage de la langue des lettrés fut de tout temps un obstacle à sa diffusion. Ainsi, encore dans les années 30, sous le régime du *Kuo Ming Tang*, le taux d'illettrés restait élevé et le système d'enseignement supérieur, tourné vers l'occident, délaissait l'alphabétisation des classes populaires.

En revanche, dès leur prise de pouvoir, les communistes privilégièrent l'éducation de masse et facilitèrent l'apprentissage du mandarin en adoptant le *Pinyin*[9]… A partir de 1985, neuf années d'études ayant été rendues obligatoires, le taux d'alphabétisation des adultes atteignit 97% et les universités accueillent désormais les meilleurs éléments du pays. Celle de *Tsinghua* à *Beijing* et quelques autres, occupent maintenant une place enviable parmi les plus réputées du monde.

Enfin, contrairement aux « *petits Bouddhas* », les garçons hyper choyés des familles, les filles s'impliquent plus dans leurs études car elles comprennent tôt qu'elles leur permettront d'acquérir une vie meilleure et plus indépendante. Illustration de cette attitude, la fillette faisant studieusement ses devoirs devant l'échoppe de ses parents à *Beijing*.

Car un jour ces petites princesses et ces petits Bouddhas auront grandi et certains, environ trente millions, rejoindront l'enseignement supérieur… La Chine compte plus de 2.000 universités, d'État ou de provinces, délivrant tous les diplômes, de la licence au doctorat.

Elles sont accessibles à partir du *Gaokao*, l'équivalent de notre baccalauréat.

---

[9] Système de vocalisation du Mandarin, langue officielle de la république, écrit en caractères romains (alphabet latin).

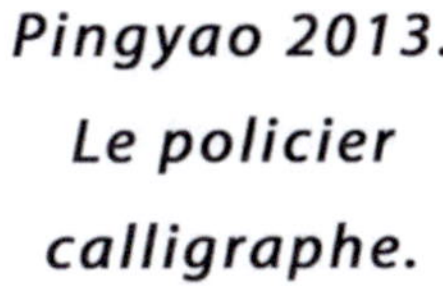

Pingyao 2013.
Le policier
calligraphe.

Shangai 2023.
Délégation d'entreprise
en visite au musée
du Parti Communiste.

La Moitié du Ciel

Quand *Mao* lança ce mot d'ordre aux accents lyriques, « *Les femmes soutiennent la moitié du ciel* », les chinoises comprirent que leur statut d'être inférieur, hérité de la conception confucéenne du patriarcat, pouvait et devait être remis en cause. Même si les maoïstes ont noirci le sort des femmes dans la Chine ancienne, les pieds bandés, l'infanticide des filles, la prostitution des fillettes, les mariages forcés, avaient bien été une triste réalité.

Héritières des lourds sacrifices de leurs arrière-grand-mères révolutionnaires, les jeunes générations de chinoises ont désormais accès aux études ainsi qu'à la maîtrise de leurs corps, contraception, IVG, et leur place dans la société chinoise s'affirme de plus en plus primordiale même si un fond de traditions patriarcales subsiste encore dans bien des familles.

Car ces jeunes femmes éduquées, en prise avec la modernité, parlant des langues étrangères, sont un atout maitre pour la Chine dans l'économie globalisée dont elle est devenue le leader incontesté. Oui, la femme chinoise est une femme moderne, consciente de sa valeur, de ses droits, assumant parfaitement de supporter la Moitié du Ciel …

Mais une fragilité démographique se fait jour : leur sous-représentation. Dans la Chine rurale où la tradition perdure, le garçon représente toujours pour ses parents la meilleure assurance-vie. Or, la généralisation des échographies et la facilité des IVG, entraînent un recours fréquent aux interruptions sélectives de grossesses[10].

Ce déficit de naissance de filles, estimé à trente millions, cause de telles difficultés aux classes populaires que les hommes en viennent à chercher des épouses au *Viêt-Nam*, au *Pakistan*, en *Birmanie* ! Mais, fort heureusement les filles font aussi souvent le délice de leur famille…

Les démographes qualifient aujourd'hui la Chine de *"géant démographique aux pieds d'argile"*…

---

[10] Il est d'ailleurs en principe interdit, lors d'une échographie prénatale, de dévoiler à la mère le sexe de son enfant. Jamais à court d'idées, les Chinois ont trouvé la parade. Une couleur est alors évoquée, le bleu ou le rose…

Musée de Xi'an. 2017. Portraits de militantes maoïstes en 1949.

Soixante-dix ans séparent ces deux clichés... Plus de trois générations !

Wuhan 2017. Aéroport de Tianhe.

En réponse à « Pourquoi la Chine » …

Ce pays séduit par le dynamisme de sa jeunesse, sa confiance en l'avenir, sa culture et je suis heureux de l'avoir, même tardivement, entre-aperçu…

Qu'en ai-je retenu ? Que *LA CHINE*, considérée comme un bloc monolithique, n'existe pas ! Ses visages sont si multiples, son histoire si complexe, ses ressorts si cachés, qu'elle se dérobera toujours à nos spéculations… Échappant à notre raison, à nos certitudes, à nos références, la Chine est un autre monde, infiniment respectable. Ainsi, chose peu évidente pour nous occidentaux, en accord avec son mode de pensée traditionnel, son style de gouvernance reste proche de celui des anciens empires…

Cette imposante nation n'est pas plus notre amie que notre ennemie mais un redoutable compétiteur aux incroyables capacités d'innovation et d'adaptation. Et, disons-le tout net, la *France* vue de *Chine* est un confetti, juste identifié par *Paris*, ses marques de luxe et son aura de ville romantique. Le seul bloc en mesure de se confronter à cette puissance économique ayant émergé il y a moins de quarante ans, c'est l'*Europe* !

Hélas, cette réunion *d'États-Nations* est loin de présenter l'unité politique de son compétiteur et les stratèges Chinois ne manquent pas d'établir le parallèle avec le morcèlement de la Chine durant la période des *Royaumes Combattants*, deux siècles avant notre ère, avant que l'empereur *Quin Shi Huangdi* ne réalise son unification.

Mais rien n'est écrit ! Contrairement au dogme marxiste, il n'y a pas de déterminisme historique. L'Histoire avec un grand H s'est toujours montrée chaotique. Qui vivra, verra !

Si vous le pouvez, bouclez votre bagage et partez à la rencontre de ce fascinant pays ! Rien ne remplace la confrontation directe avec le terrain !

*

Canton 2012. Jeune serveuse posant sous le caractère du mariage.

Scanner ce QR Code Pour contacter l'auteur par e-mail.

*

Cette plaquette reprend le texte de présentation d'une vidéo de 52 minutes,
réalisée en 2020, non diffusée à ce jour.

Les clichés reproduits sont visibles
sur le compte *Flickr* de l'auteur, notamment :
https://flic.kr/s/aHsmmhMMuc

Lieux parcourus

2009-2026

(Carrés et traits en jaune)

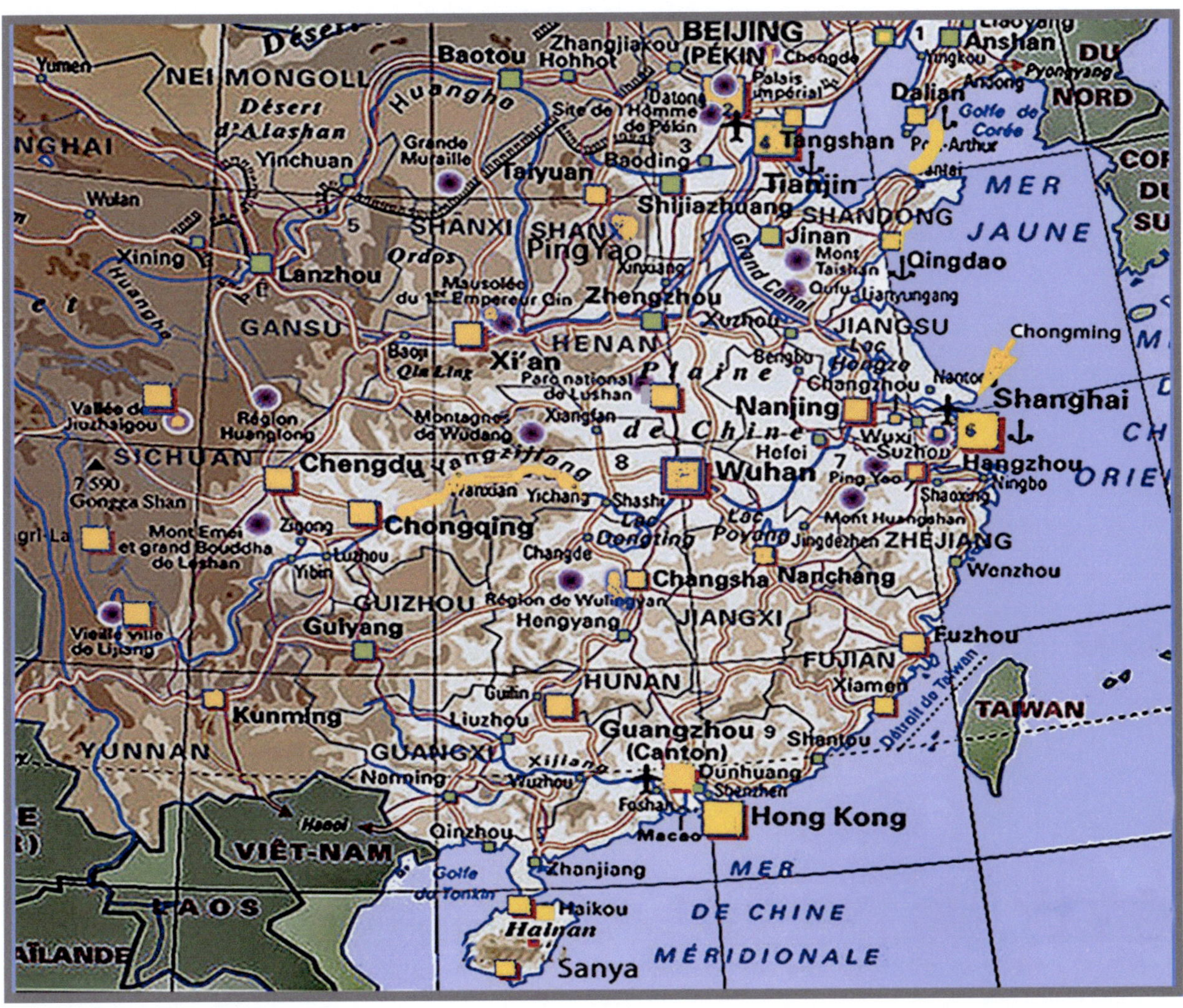

Troisième édition, revue et augmentée, avril 2026.